U0053307

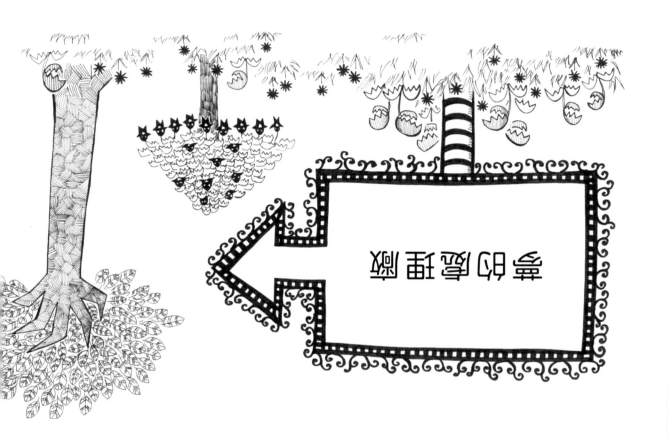

作者簡介 ／

值言

臉書粉絲頁

小說家，是喜歡創作的怪奇生物，熱愛
與食物相關的一切，也喜歡閱讀、電影
和旅行，願望是想和大家做好朋友。

作 者 序 ／

《夢的處理廠》是我在大學時代創作的繪本作品，當時這本作品獲
得了國語日報兒童文學牧笛獎，時隔八年之後，這本作品有幸能在
秀威出版社出版，實在相當開心。

在這個大人小孩都愛讀繪本的時代，這本繪本其實並不僅限於給小
讀者而已；他的主題是在描繪有一群奇妙的小壞蛋們，他們下定決
心，要去調查有關夢境的祕密。

夢境對人類而言，一直都是一個神祕的存在，對我來說亦是如此。
除了畫繪本之外，我的本業是一名作家。身為作家，平日的工作就

是要幻想出各式各樣的故事情節。這些在腦海中建構的片段，有時候也會在夜裡，以夢境的形式出現。對於作家而言，不斷迸發在腦中的豐富靈感，來自於沉睡在表意識之下的潛意識世界，然後再化為現實中創作的養分。而潛意識和夢境密不可分，因此，我提筆畫出這個世界，或許平常的我在睡著的時候，也會去向夢裡的小人兒購買靈感呢！

本書除了描述夢境的華麗之外，也表現了愉快的態度生活。對我而言，創作是一件很愉快的事情，我會在生活中，去觀察一些細小的有趣的事物，再把它運用到創作上。創作除了抒發自我之外，創作完成的作品也可以帶給別人快樂。希望各位讀者（尤其是那些漸漸遺忘了快樂的大人們……）在閱讀本書的時候，都能感受到發自內心的喜悅，一起在美麗的夢境世界中，療癒忙碌疲憊的心靈。好好充滿電之後，再去尋找生活中的喜悅和樂趣。

現在就翻開第一頁，感受神奇的「夢的處理廠」吧！

在某個很遠很遠的地方，
有一個名叫嘎啦嘎啦的小偷集團。

嘎啦嘎啦小偷集團不只是偷錢財，
不快樂的他們什麼都偷。
他們剪斷情侶的紅線，他們吸走別人的智慧，
他們打碎人們友誼的橋樑。

只有一樣東西他們偷不走，
那就是人們的夢。

每天晚上，都會有大象來把夢呼嚕呼嚕吸走。

「我們來照顧大家！」小偶說。

到了河邊，飛累的大象搭上渡船。

航行一段時間後，眼前出現巨大的「夢的處理廠」。

在夢的處理廠裡面，廠長看著時鐘。
「大象差不多該回來了吧？」

回到處理廠後，大象把晚上吸到的夢吐進蓄水池裡。

「咦，你們是誰呀？」

「我、我們是來參觀的遊客！」
「噢，原來是這樣啊，那我帶你們參觀
『夢的處理廠』吧。」

「首先，我們把收集到的夢放進大水槽裡。」
「有趣的夢會往上浮，無聊的夢會往下沉。」

「我畫貓的筆加入1分毛和3分謊言，給貓更逼真的神氣。」

「有趣的等候被送到火氣爐裡滾燙。」

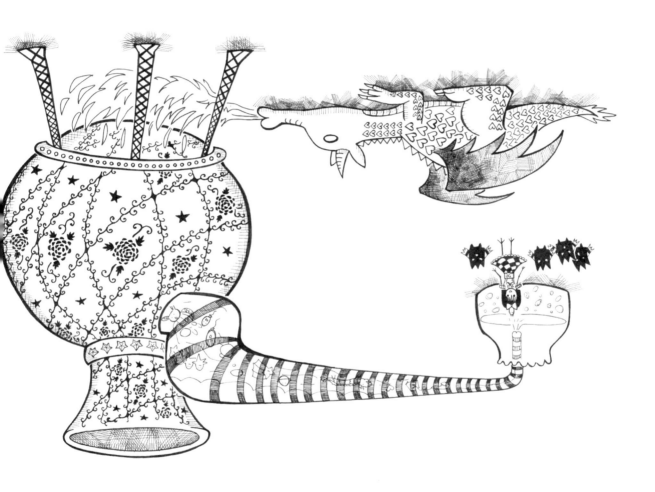

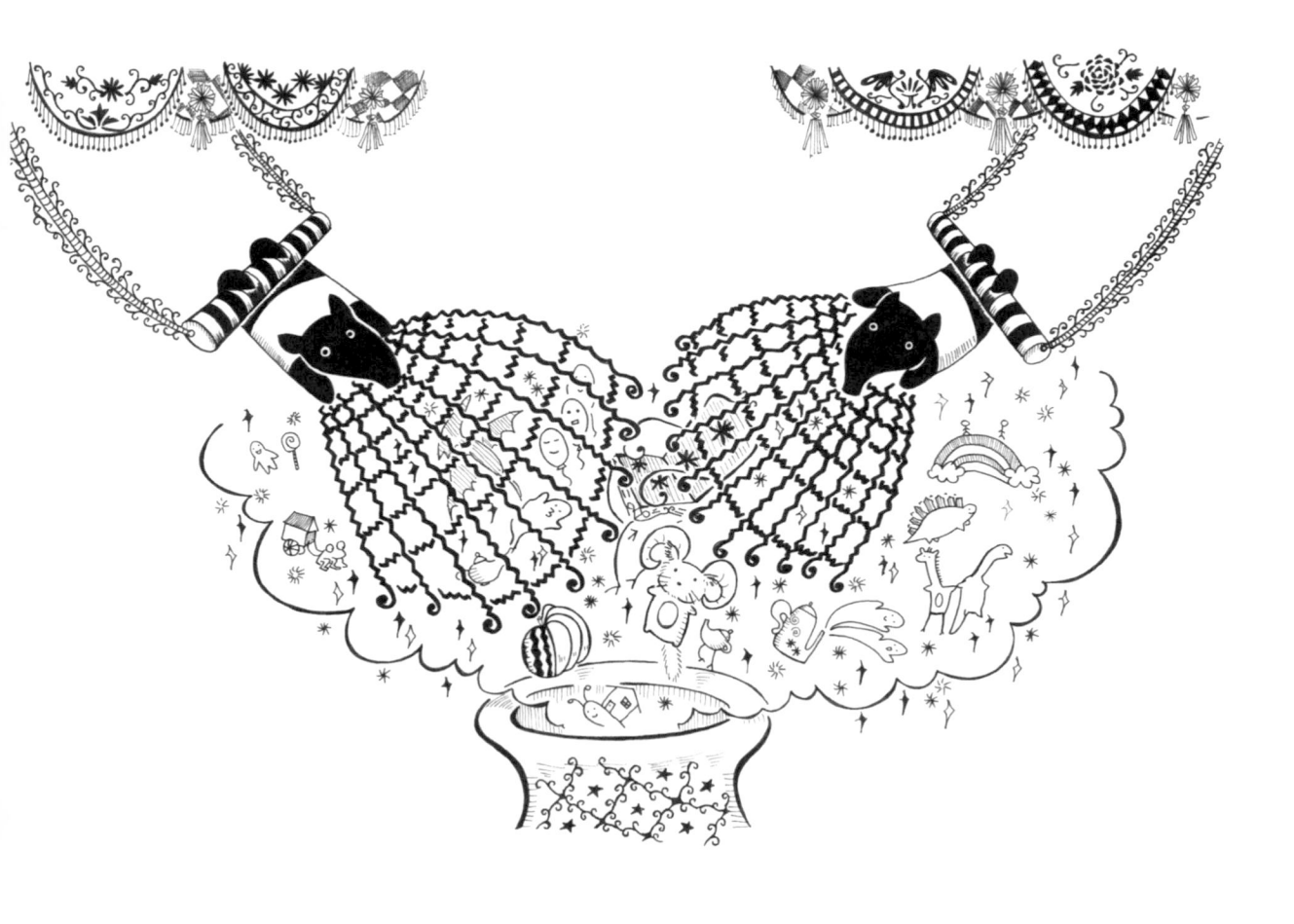

「等夢沸騰後，用融化金蘋果做成的網子撈捕，
夢中出現的東西就會變成真的。」

18

「把這些東西送到販賣部去。」

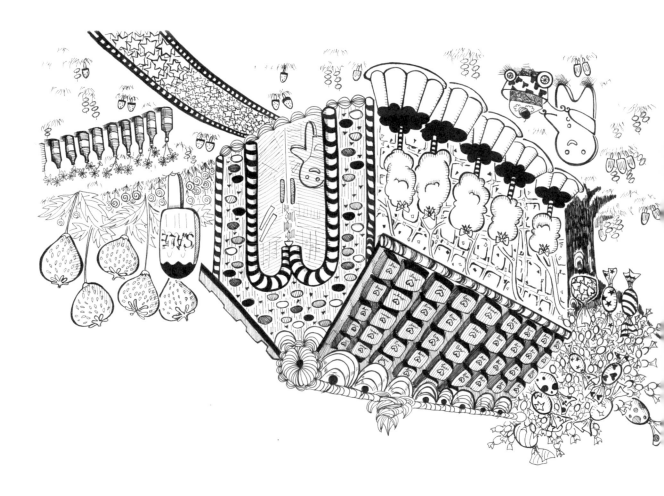

能幫我找到只有賣有賣的物品吧，
能靠著豐富的童年和小說來。

「我喜歡禮物啦。」從遠方來的客人說。

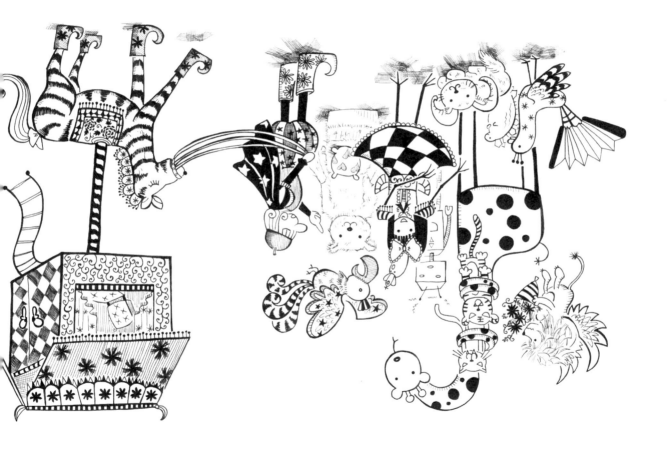

「買下機器人要付多少錢呢？」
「這裡不收錢，只收微笑，請你對著鏡子微笑好嗎？」

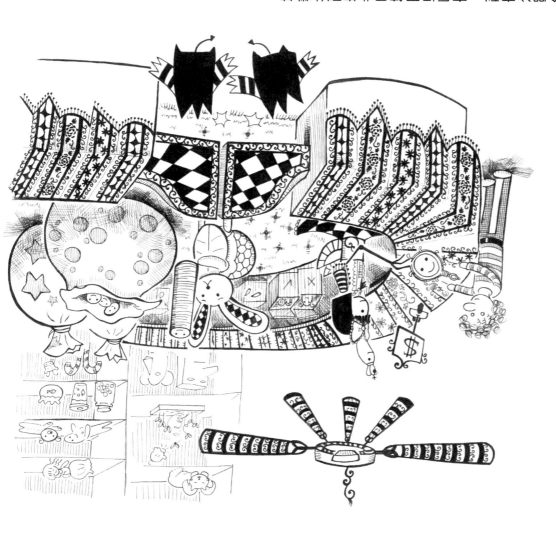

小偷悄悄走到門口，撬開門把鑽了進去偷走那些玻璃，

就在櫥窗後面的大箱子裡等著他。

小傢伙抱了上喬治的頭。

多麼亮采的鬃毛環繞著，他們向鬃毛長長飛。

在某個月黑風高的晚上，他們又偷偷跑回來了！

偷走了一大袋微笑！

「不好了，微笑被偷走了！」

「先不要緊張,我們來看看接下來會發生什麼事。」

小螞蟻和蟋蟀的大家子走開，頓時傳來一陣陣的掌聲。

天啊！所有的蟋蟀都跑光了。

微笑被吹到城市的每一個角落。

微笑也黏在小偷們的臉上。

不管怎麼拿，
黏在臉上的微笑都拿不下來。
於是，
小偷們只好每天看著鏡子裡的自己。
慢慢地，他們開始習慣微笑。

終於，當微笑從小偷臉上剝落的時候，
他們的臉也變得笑容滿面。
「太棒了！」

快樂的嘎啦嘎啦小偷集團再也不偷東西了。
他們來到夢的處理廠幫忙。
從此以後，大家都過著幸福快樂的生活。

釀生活18　PE0130

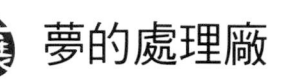 夢的處理廠

作　　者	值　言
責任編輯	徐佑驊
圖文排版	莊皓云
封面設計	蔡瑋筠

出版策劃	釀出版
製作發行	秀威資訊科技股份有限公司
	114 台北市內湖區瑞光路76巷65號1樓
	電話：+886-2-2796-3638　傳真：+886-2-2796-1377
	服務信箱：service@showwe.com.tw
	http://www.showwe.com.tw
郵政劃撥	19563868　戶名：秀威資訊科技股份有限公司
展售門市	國家書店【松江門市】
	104 台北市中山區松江路209號1樓
	電話：+886-2-2518-0207　傳真：+886-2-2518-0778
網路訂購	秀威網路書店：http://store.showwe.tw
	國家網路書店：http://www.govbooks.com.tw
法律顧問	毛國樑　律師
總 經 銷	聯合發行股份有限公司
	231新北市新店區寶橋路235巷6弄6號4F
	電話：+886-2-2917-8022　傳真：+886-2-2915-6275

出版日期	2018年01月　BOD一版
定　　價	200元

讀 者 回 函 卡

感謝您購買本書，為提升服務品質，請填妥以下資料，將讀者回函卡直接寄回或傳真本公司，收到您的寶貴意見後，我們會收藏記錄及檢討，謝謝！

如您需要了解本公司最新出版書目、購書優惠或企劃活動，歡迎您上網查詢或下載相關資料：

http:// www.showwe.com.tw

您購買的書名：＿＿＿＿＿＿＿＿＿＿＿＿＿＿＿＿＿＿＿＿＿＿＿＿＿＿

出生日期：＿＿＿＿＿年＿＿＿＿＿月＿＿＿＿＿日

學歷：□高中 (含) 以下　　□大專　　□研究所 (含) 以上

職業：□製造業　□金融業　□資訊業　□軍警　□傳播業　□自由業　□服務業　□公務員　□教職
　　　□學生　　□家管　　□其它＿＿＿＿＿＿＿＿＿＿＿＿＿＿＿

購書地點：□網路書店　□實體書店　□書展　□郵購　□贈閱　□其他

您從何得知本書的消息？

　□網路書店　□實體書店　□網路搜尋　□電子報　□書訊　□雜誌　□傳播媒體　□親友推薦

　□網站推薦　□部落格　□其他＿＿＿＿＿＿＿＿＿＿＿＿＿＿＿

您對本書的評價：（請填代號　1.非常滿意　2.滿意　3.尚可　4.再改進）

　封面設計＿＿＿＿　版面編排＿＿＿＿　內容　＿＿＿＿　文／譯筆＿＿＿＿　價格＿＿＿＿

讀完書後您覺得：

　□很有收穫　□有收穫　□收穫不多　□沒收穫

對我們的建議：＿＿＿＿＿＿＿＿＿＿＿＿＿＿＿＿＿＿＿＿＿＿＿＿

＿＿＿＿＿＿＿＿＿＿＿＿＿＿＿＿＿＿＿＿＿＿＿＿＿＿＿＿＿＿＿＿

＿＿＿＿＿＿＿＿＿＿＿＿＿＿＿＿＿＿＿＿＿＿＿＿＿＿＿＿＿＿＿＿

＿＿＿＿＿＿＿＿＿＿＿＿＿＿＿＿＿＿＿＿＿＿＿＿＿＿＿＿＿＿＿＿

11466
台北市內湖區瑞光路 76 巷 65 號 1 樓

秀威資訊科技股份有限公司 　　收

BOD 數位出版事業部

....

（請沿線對折寄回，謝謝！）

姓　　名：＿＿＿＿＿＿＿＿＿＿＿＿＿＿＿　年齡：＿＿＿＿＿　性別：□女　□男

郵遞區號：□□□□□

地　　址：＿＿＿＿＿＿＿＿＿＿＿＿＿＿＿＿＿＿＿＿＿＿＿＿＿＿＿＿＿

聯絡電話：(日)＿＿＿＿＿＿＿＿＿＿＿＿＿　(夜)＿＿＿＿＿＿＿＿＿＿＿＿＿

E-mail：＿＿＿＿＿＿＿＿＿＿＿＿＿＿＿＿＿＿＿＿＿＿＿＿＿＿＿＿